Une semaine avec Galette

Lina Rousseau • Robert Chiasson
Illustrations de Marie-Claude Favreau

Dominique et compagnie

Du dimanche
au samedi,
qu'il y ait du soleil
ou de la pluie...

Galette aime bien
s'amuser avec tous ses amis.

Lundi...
Galette prend sa poussette.

Il **marche** et promène son chat Melon.

Mardi...
Galette fabrique des marionnettes.

Il **dessine** et découpe
trois petits cochons.

Mercredi...
Galette mange des tartinettes.

Il les sépare en deux et partage
avec son lapin Fripon.

Jeudi...
Galette fait des pirouettes.
Il **court** et **saute** dans le gazon.

Vendredi...
Galette écoute une chansonnette.

Il **chante** et **danse**
avec la chouette Flocon.

Samedi...

Galette roule à bicyclette.
Il tourne et tourne en rond.

Dimanche...

Galette joue à la **barbichette**...
et celui qui perdra fera le bouffon !

«Trois fois passera, la dernière, la dernière,
trois fois passera, la dernière y restera...

Lundi... Mardi...
Mercredi... Jeudi... Vendredi...
Samedi... Dimanche!»

Et **toi**?
Qu'as-tu fait aujourd'hui?